Henri-Léonard Randrianasolo-Ravony

Serment de Prisonniers

I0662241

Henri-Léonard Randrianasolo-Ravony

Serment de Prisonniers

Poèmes

Éditions Muse

Impressum / Mentions légales

Bibliografische Information der Deutschen Nationalbibliothek: Die Deutsche Nationalbibliothek verzeichnet diese Publikation in der Deutschen Nationalbibliografie; detaillierte bibliografische Daten sind im Internet über http://dnb.d-nb.de abrufbar.

Alle in diesem Buch genannten Marken und Produktnamen unterliegen warenzeichen-, marken- oder patentrechtlichem Schutz bzw. sind Warenzeichen oder eingetragene Warenzeichen der jeweiligen Inhaber. Die Wiedergabe von Marken, Produktnamen, Gebrauchsnamen, Handelsnamen, Warenbezeichnungen u.s.w. in diesem Werk berechtigt auch ohne besondere Kennzeichnung nicht zu der Annahme, dass solche Namen im Sinne der Warenzeichen- und Markenschutzgesetzgebung als frei zu betrachten wären und daher von jedermann benutzt werden dürften.

Information bibliographique publiée par la Deutsche Nationalbibliothek: La Deutsche Nationalbibliothek inscrit cette publication à la Deutsche Nationalbibliografie; des données bibliographiques détaillées sont disponibles sur internet à l'adresse http://dnb.d-nb.de.

Toutes marques et noms de produits mentionnés dans ce livre demeurent sous la protection des marques, des marques déposées et des brevets, et sont des marques ou des marques déposées de leurs détenteurs respectifs. L'utilisation des marques, noms de produits, noms communs, noms commerciaux, descriptions de produits, etc, même sans qu'ils soient mentionnés de façon particulière dans ce livre ne signifie en aucune façon que ces noms peuvent être utilisés sans restriction à l'égard de la législation pour la protection des marques et des marques déposées et pourraient donc être utilisés par quiconque.

Coverbild / Photo de couverture: www.ingimage.com

Verlag / Editeur:
Éditions Muse
ist ein Imprint der / est une marque déposée de
OmniScriptum GmbH & Co. KG
Heinrich-Böcking-Str. 6-8, 66121 Saarbrücken, Deutschland / Allemagne
Email: info@editions-muse.com

Herstellung: siehe letzte Seite /
Impression: voir la dernière page
ISBN: 978-3-639-63596-6

Henri-Léonard
RANDRIANASOLO-RAVONY

Serment de Prisonniers

Préface

L'obsession du bourreau, de l'oppression, fait du poète RANDRIANASOLO-RAVONY le militant farouche de l'émancipation de la négritude. Lutte de classe, lutte de race, engagement politique, font du poète malgache un écorché vif qui se déclare, à travers son œuvre *Serment de Prisonniers*, l'ennemi juré de ce mangeur de liberté qu'est toute société.

La poésie africaine est en pleine évolution ; elle connaît comme toute mutation des incohérences, des instabilités, le souci de recherche d'une empreinte, d'un style !

RANDRIANASOLO-RAVONY n'échappe pas à cette règle ; son œuvre est spontanée, fraîche, disparate, sans la moindre routine, dénuée de tout système, méconnaissant toutes les écoles poétiques : une poésie neuve qui a tout à apprendre et tout à dire.

On est bien loin du dadaïsme et du surréalisme. Le plaisir de la lecture. Son allergie de la torture et de la prison l'a mené, semble-t-il, sur les chemins sinueux de la poésie. Mais la poésie étant la source de l'angoisse, RANDRIANASOLO-RAVONY s'est penché sur des nuages de réflexions. Comme un enfant il s'est mis à souffrir. Il a immédiatement remis tout en cause jusqu'à la hiérarchie même : il est pourtant Gestionnaire de l'Hôpital Principal de Tuléar ![1] (capitale du grand sud de Madagascar). Nettoyage en grand de l'âme à grands coups de ces mots d'autocritiques. Il nie le corps, il refuse de croire aux souffrances physiques pour cracher au visage de ses éventuels bourreaux. Il ne veut pas être vaincu d'avance : il veut être un lutteur.

« Mais Bourreau, je te donne mon corps couvert de plaies :
« Le voici ! Fais sur lui ce que tu veux;
« Je ne crierai pas, je ne pleurerai pas car je sais

---

[1] Ayant quitté Tuléar depuis le 17 Janvier 1971, j'ai été Chef du Service Administratif du Ministère des Affaires Sociales, puis nommé Secrétaire Général de ce même Département.

2

« Que toi aussi tu as horreur de ton devoir de gueux ».

La poésie ne semble pas avoir été la thérapeutique radicale à ses obsessions ; il a cherché l'autre refuge, celui qui vient après la poésie, l'inévitable pour l'être qui souffre : l'alcool. S'il n'est pas non plus une thérapeutique, il devient un calmant, l'apaiseur des consciences torturées et des souffrants mentaux. L'alcool, devenu un compagnon de route, reste néanmoins une mauvaise fréquentation. La suite logique des choses veut que le désespéré tombe désespérément avec le gros museau noir de la mort, entre Noirs on se comprend :

« Oui, j'ai appris à aimer la Mort fin des peines
« Je l'ai tant chérie que je n'en ai plus peur ».

RANDRIANASOLO-RAVONY en fait un oreiller pour s'endormir d'un sommeil tranquille, délivré de sa conscience.

Pessimisme et contestation redonnent au poète malgache toute la volonté d'échapper aux abîmes de l'alcool et à l'impuissance de la mort. RANDRIANASOLO-RAVONY a besoin de se faire entendre : il y est parvenu avec toute la puissance de son talent. Il n'y avait pas trente six façons de s'exprimer : dans le réalisme de la violence.

Ce Serment de prisonniers laisse un goût amer dans l'estomac pour se transformer en ulcère. C'est presque une œuvre obsédante, dont on voudrait à tout prix se débarrasser. Mais elle vous colle aux os comme une peau flasque. Je vous avertis, lecteurs, avant d'entamer ce chef-d'œuvre poétique qui n'est pas de tout repos, une odeur fétide flottera longtemps dans votre demeure après le mot « Fin ». Mais elle est tellement nécessaire à cette autruche d'humanité que vous ne pourrez pas reculer après avoir lu cette préface.

Un Noir qui broie du noir dans le but de vous faire passer des nuits blanches, c'est peut-être le comble du racisme. Peut-être, est-ce simplement de l'humour noir ? Vous me l'écrivez ... noir sur blanc!

Paul BIANCO

Avant-Propos

Voici le premier d'une série de cinq livres – entièrement écrits et mis en forme pour être publiés depuis quelque temps déjà avant les événements du 13 Mai 1972 – mais les circonstances ne s'y prêtaient pas encore. Il devait sortir des presses d'une imprimerie de la Seyne-sur-Mer (France) en 1970, mais des complications – qui continuent à m'étonner d'ailleurs jusqu'à ce jour – empêchaient son impression, alors que la totalité des frais avait été envoyée de Tuléar et reçue à la Seyne-sur-Mer par Monsieur Paul BIANCO, alors Président du Groupe Littéraire Francophone auquel je faisais partie.

Pourquoi donc avais-je tenté de publier mon livre à l'étranger ? La réponse est bien simple et peut être connue de tout le monde : parce qu'à Madagascar, à cette époque, la liberté d'expression n'existait que sur le papier. Des journaux avaient été saisis, et des honnêtes citoyens emprisonnés pour avoir écrit et pour avoir dit des « choses » qui déplaisaient à certains gouvernants. Mes poèmes rentraient, selon des amis sûrs, dans cette catégorie de « choses déplaisantes ». Je ne voulais donc pas courir le risque, non pas d'être à mon tour emprisonné, mais surtout de voir mon livre interdit dans mon propre pays. Le regretté J.J. RABEARIVELO n'était-il pas d'abord connu ailleurs que chez lui avant d'acquérir la place qu'on lui reconnaît volontiers aujourd'hui ?

L'absence de liberté d'expression ou de liberté tout court m'incitait à me tourner vers l'extérieur parce qu'au moins le livre serait lu, même si cela devait se faire en dehors de ma patrie. Peut-être que le risque était beaucoup moins important que je ne le pensais mais deux précautions valent mieux qu'une, n'est-ce pas ?

Le changement de régime politique et les difficultés rencontrées auprès du Groupe Littéraire Francophone m'ont décidé à faire paraître ce premier recueil intitulé Serment de prisonniers, ainsi que les autres à Madagascar. Il serait prétentieux de ma part de vouloir insinuer ici que j'avais prévu la totalité des événements actuels, mais le poète (et l'écrivain en général) perçoit la vie d'une autre manière que ses concitoyens, et arrive dans certains cas à prédire l'avenir. C'est pour cette raison que j'ai tenu à laisser la date de chaque poème pour que le lecteur, avec le recul, puisse juger valablement. Par ailleurs, j'ai volontairement soustrait ma biographie qui était intégrée au recueil initial, et qui ne sera reprise dans aucun recueil et livre à publier ultérieurement.

Enfin, tout ce que j'ai écrit n'engage que ma personne; il est donc vain de chercher ailleurs si un poème parvient à choquer le lecteur. D'ailleurs, mon but est de le secouer, de l'empêcher de dormir tranquillement comme un bon petit bourgeois, de lui rendre la vie dure en le confrontant souvent avec sa propre conscience.

Tananarive, le 5 Septembre 1972
H. L. RANDRIANASOLO-RAVONY

A RANDRIANASOLO-RAVONY à qui je veux témoigner toute mon admiration de poète pour son immense talent, et le réalisme cru dont il inonde son œuvre.

Les portes de la littérature lui sont ouvertes s'il prend conscience de ses énormes possibilités créatrices.

Paul BIANCO
Président du Groupe Littéraire Francophone
« Les poètes Maudits ».

AVANT LE COMMENCEMENT

Ho an' i MADAGASIKARA,
Fonenan'ny RAZAKO, tanin' ny MALAGASY
TANINDRAZAKO mamiko sy tiako tokoa.

Pour MADAGASCAR,
Terre de mes ANCETRES, pays des MALGACHES
Ma chère et bien-aimée PATRIE.

H. L. R-R.

O GASIKARA[2], chère patrie

Offrant mon humble vie pour te servir
Reniant au fond de moi tous les loisirs
Je me vois une fois de plus incompris
    O Gasikara, chère patrie.

Pour pouvoir rester moi-même
Je vais te quitter, ma décision est ferme
Je continuerai à t'aimer même loin d'ici
    O Gasikara, chère patrie.

Que ton sol soit inondé de mes pleurs
Pour affranchir mes semblables de leur peur
Et qu'ils s'affirment un jour désormais guéris
    O Gasikara, chère patrie.

Que mon amertume stimule les hésitants
A combattre sinon pour eux mais pour leurs enfants
A chasser de ta terre ces profiteurs avilis
    O Gasikara, chère patrie.

Fais donc périr ceux qui camouflent leur banditisme
Et trompent les vrais patriotes au nom du patriotisme;
Eloigne de toi ces vantards et vampires maudits
    O Gasikara, chère patrie.

Le 9 Mai 1965 à Tananarive.

---

[2] Diminutif de MADAGASIKARA (Madagascar)

O GASIKARA, ma bien-aimée

Je te quitte maintenant avec espoir,
Je reviendrai un jour pour te revoir
Suivant pas à pas ma destinée
    O Gasikara, ma bien-aimée.

    Je m'envole brutalement dans les airs
    Mais une voix que je ne saurai faire taire
    Murmure l'amour du pays où je suis né
        O Gasikara, ma bien-aimée.

Je verrai des nouveautés, d'autres cieux
Qui ne valent, pour moi, le tien radieux,
Je te revois déjà à peine quittée
    O Gasikara, ma bien-aimée.

    Mon plus noble souhait est de revenir
    Employer toutes mes forces pour te servir,
    Continuer à vivre comme par le passé
        O Gasikara, ma bien-aimée.

J'emporte avec moi un immense souvenir
Que je tâcherai de toujours faire fleurir
Avec l'eau salée de mes larmes versées
    O Gasikara, ma bien-aimée.

A bientôt et non adieu pour la vie
Je te reviendrai et mes pleurs seront taris
    Quand je refoulerai des pieds ton sol retrouvé
O Gasikara, ma bien-aimée.

Le 1er Janvier 1966 à Nairobi (KENYA).

A LA CAMPAGNE

Le soleil, âme du jour,
Surgit à peine, déchirant en lambeaux l'horizon
Que le paysan avec amour,
La bêche sur l'épaule, tourne le dos à sa maison,
Rejoint sa rizière en sifflotant
Entamant une journée comme toujours interminable
Ne finissant qu'au soleil couchant,
Endurant et la fatigue et la chaleur impitoyables.

Le soir, le dos courbé,
Les vêtements recouverts d'une poussière rouge ou blanche,
Le paysan revient le corps épuisé
Mais content d'avoir accompli une noble tâche
Assurant ainsi la subsistance
D'une famille souvent nombreuse et, l'épouse au domicile
L'attend avec patience
Sans rien demander, prête à servir, soumise et docile.

Tout autre est ce spectacle
Qui frappe le citadin arrivant en ces lieux
Ayant franchi des obstacles :
Routes de pierre ou de terre, chemins sinueux ;
C'est le coucher du soleil,
Quand il se trouve à la campagne défiant la nature,
Admirant ce rouge vermeil
Teinte unique des rizières et des bœufs aux pâtures.

La verdure, auparavant, pleine de vie,
Le grand espace où il évoluait librement,
Se transforment en un paradis ;
Et le poète amoureux ne peut qu'admirer pieusement
Ce paysage d'enchantement
Qui ensorcelle l'esprit et promet une terre nouvelle
Loin des êtres vivants,
Au-delà de ce monde de vices, auprès du Père Eternel.

Sa joie augmente encore
Lorsqu'il voit alors dans le jour agonisant
Des oiseaux aux ailes d'or
Revenir au village, par groupes serrés, en chantant.
Le soleil, ayant bu,
Quitte les rivières qu'il cesse, pour une nuit, d'embraser,
Raccompagne les paysans fourbus
Jusqu'à leurs épouses goûter à un repos mérité.

Le 20 Septembre 1967 à Madirovalo.
(Ambato-Boina — Majunga)

LE COMMENCEMENT

Serment
de
prisonniers

PREMIERE PARTIE

I

Des prisonniers dans une prison, un jour, font le serment

Dans quelle galère t'es-tu embarqué
O mon amour pour être si malheureux ?
Trouveras-tu un jour une plage où t'échouer
Pour jouir du paysage son charme langoureux ?

Ou bien continueras-tu à voguer pour toujours ?
Enregistrant des reproches, recevant tous les torts
Ayant déci-delà des déceptions sur ton parcours,
Je te le demande anxieux et pleurant sur ton sort.

Ne peux-tu donc arrêter ta course folle ?
Tu sais malheureux amour que tu souffres ;
Accoste ta galère, je t'en prie, sur la rive molle
Afin que tu évites de la cascade le gouffre.

N'oublie pas que je dépéris et sombre avec toi
Cesse de me torturer, je t'en serai reconnaissant.
J'ai hâte, au petit matin, de retrouver l'émoi
Qui m'étreint le cœur au jour naissant.

Je la caresse avec toi O pauvre amour effarant
Mais c'est une ombre que nous chérissons tous les deux
Car elle nous a rejetés déliant notre serment
Je ne peux pas l'oublier tout illuminée de tes feux.

Ces feux ont brûlé pendant des années, une éternité,
Le seront-ils toujours amours bafouées et meurtries ?
Qui peut le savoir ? Je te demande de décider
Car mon corps n'est plus qu'une banale épave flétrie.

Oui, dis qu'elle a fixé son choix et que je suis perdu.
Je croyais trop en elle, en son accord promettant
Mais maintenant que m'importe décapité ou pendu
La mort me sera douce dans la nuit des temps.

Amour malheureux, tu as gaspillé tes heures
Tu te voyais adoré mais en rêve seulement
Puisque souvent menacé, tu restes et du demeures
Eternellement fidèle mais toujours mendiant!

Amour malheureux — le 9 Janvier 1969 à Tananarive.

Serment de Prisonniers

De toujours s'aimer même au-delà de ces tristes murs

Un murmure à ma fenêtre : personne, c'est le vent
Un souffle à ma porte : personne, c'est encore le vent.
A gauche, toujours rien
A droite, absolument rien
Je suis seul, c'est l'évidence.

Je suis là entre quatre murs jaunis, avec mon ombre,
Guettant à chaque seconde un quelconque signe de vie.
Les objets dansent et se prolongent dans la pénombre
Ah que j'ai peur ! Je ferme les yeux et je vois l'infini.
Un infini macabre de tragique solitude
Peuplé d'êtres hideux aux visages cireux.
Ce sont les morts qui reviennent de leur céleste béatitude,
Qui me regardent étrangement de leurs yeux vitreux.
Qui puis-je donc appeler à mon secours ?
Personne ! Ni au dedans, ni au dehors, personne !
C'est cette solitude qui veut me jouer des tours,
Je vois partout des morts et mon esprit fou frissonne,
Eh Solitaire ! As-tu encore un cœur à pardonner ?
Toi qui as tant souffert du mal que tu as reçu,
Et même si tu l'as, peux-tu toujours l'ordonner
A oublier à jamais ce qu'il a longtemps vécu ?
Combien de promesses as-tu entendu toute ta vie ?
De quoi te plains-tu, naïf, puisque tu les as crues ?
Combien de réalisations as-tu constaté, depuis,
On s'est moqué de toi et toi tu t'es tu !
Tu as demandé la solitude, tu l'as maintenant
Pourquoi donc l'appelles-tu tragique, réponds-moi.
Réagis des plis de ton linceul, Solitaire, car il est temps
De montrer ta valeur à tous les gens de bonne foi.

Tragique solitude — le 11 Septembre 1968 à Tananarive.

Et les voici, les voilà qu'à chaque pas, forment un groupe charmant
Se moquant des menaces de leurs gardiens qui les torturent.

Bourreau
Me voici.
Fais donc ton devoir
Et cesse de me regarder.
Est-ce la première fois
Que tu achèves
Un condamné ?
Est-ce la première fois
Que tu immoles
Un innocent ?
Fais donc
Ce que tu appelles
Si joliment
Ton noble devoir.

Bourreau, Voici mon corps

Fais-en ce que tu veux.
Les modes de l'art
Tu en es le maître
Mais n'oublie pas
N'oublie surtout pas
De remettre ma dépouille
A mes parents.
Je saurai mourir
Ne t'en fais pas
Monsieur le Bourreau ;
Mais mon esprit,
Mes idées,
Je les emporterai
Et ma satisfaction
Sera de partir
Sans te laisser
Une seule joie.

Mon corps souffrait
Pendant l'emprisonnement
Mais mon cerveau n'était pas emprisonné.
J'avais ainsi constaté
La bêtise humaine
De construire des prisons ;
Car l'esprit,
Les idées et les convictions
Ne s'emprisonnent point :
Leur seule prison
Est le cerveau de celui
Qui a le bonheur
Ou le malheur
De les chérir.

La prison des idées — le 9 Décembre 1968 à Tananarive.

Des années passées ensemble loin de leurs familles
Est né un noble sentiment de franche camaraderie.

Ce mal qui me fait souffrir consume mon corps,
Au lieu de s'atténuer m'attaque de plus en plus fort.
Je ne peux plus lutter, il veut me rendre fou
Avec mille aiguilles piquantes il me crible de trous.

Donne-moi, ami, un remède capable de me soulager,
Dis à cet implacable mal de cesser de me ravager,
Dis-moi, frère, si j'en ai encore pour longtemps
Je suis épuisé et mes forces diminuent maintenant.

Dis-moi ô toi vieux compagnon fidèle
Que je suis vulnérable comme tous les mortels,
Dis-moi, je ne saurai te contredire car tu sais tout
Depuis ma personne jusqu'à mes liens les plus doux.

Ainsi vieux frère, dis-moi pour qui sonne le glas ?
Est-ce pour moi ? Dis-moi si je vais mourir déjà.
Je me souviendrai de toi même dans ma tombe,
Dis-moi, cher ami, dis-moi, quand passera la trombe ?

Dis-moi — le 6 Août 1961 à Marovoay — Majunga.

Des mariages sont élaborés entre fils et filles
Car il faut prolonger la vie de cette étrange confrérie.

Inquiet, je le suis.
Amoureux, je le suis plus encore.
Tu es venue,
Puis tu es partie
Sans me dire
Quand me reviendras-tu ?
O chérie
Si tu sais que désormais
Ma souffrance redouble
Car j'aurai préféré
Ne plus te revoir
Pour t'aimer tranquillement
En silence.
Mais, toi, si altière
Es revenue troubler
Ma douloureuse béatitude
Que je me suis forgée.
Tu as défilé
En éclair devant moi,
Mais ce passage
Aussi rapide qu'il fût
Remua tout mon être
Endolori par des années
De souffrance muette.
Oui, j'ai souffert
Car, toi, la fille des temps
La femme éternellement aimée
Etait loin de moi.
L'idée de ne plus te revoir
Etreint ce cœur
Qui a su garder
Malgré les ans,
Malgré l'éloignement
Son amour pour toi.
Car,
Celui qui ne parle pas

N'est ni muet ni fou :
C'est la sagesse
Qui lui dicte souvent
D'honorer le silence ;
Car,
Celui qui parle trop
Pourra dire des bêtises,
Pourra être superficiel,
Mais cet amour
Dont je suis tout imprégné
Et que je couvais
Dans mes entrailles
Est si pur,
Sincère,
Qu'il a pu défier
Tous les obstacles.
Jusqu'à ta prochaine réapparition
Je m'habituerai à nouveau
A t'aimer
En cachette.
Ce message plein d'espoir
Est aussi désespéré
Car le fil qui me conduira
Vers toi
S'est brisé brutalement.
Mais je suis certain
Que ce message
Tu le liras
Dans mes pensées ;
Tu l'auras
Et tu viendras
Rayonnante d'amour

Et tu me diras
Tout bas, tout bas :
JE T'AIME.

Un message — le 8 Janvier 1969 à Tananarive

Le promoteur de tant de merveilles est le chef incontesté
Assurant une large autorité sur les autres il mène son monde
Par son ingéniosité, sa force, son intelligence et sa cupidité
Trompant ses naïfs camarades avec une science profonde.

Etre chef ! Beaucoup de personnes pourront se demander :
Est-ce un état ou une qualité ou les deux réunis ?
L'état serait d'avoir un luxueux bureau où trôner,
Etre à la tête d'un certain nombre de subordonnés soumis,
Etre le représentant du Grand Patron dans les cérémonies,
Etre toujours aux premières loges pendant les réunions,
Ou avoir des possibilités de parcourir en long et en large le pays

Pendant que les autres tracent aux champs des sillons.
L'état suffit-il ou non ? Oh il y a bien sûr les diplômes !
Souvent on nomme chef le monsieur qui a des titres,
Mais suffisent-ils à faire de lui un vrai homme
Qui entre dans la vie et non plus un élève devant son pupitre.
Pourquoi tergiverser ? Nous envoyons nos enfants en classe
C'est bien pour en faire des intellectuels diplômés !
Mais, à l'école de la vie, pourront-ils éviter la mélasse
Qui risque de les engloutir parce qu'ils sont mal formés ?
Avoir une serviette remplie de diplômes égale-t-il la compétence ?

Avoir effectué de longues études est-il synonyme de dirigeant.
S'il en est ainsi nous pourrons apaiser notre conscience
Et attendre notre salaire du mois sur le lit en nous couchant.
Certains accèdent à des postes auxquels ils ne sont pas préparés,
De bons exécutants ils se trouvent lancés dans l'aventure
Du commandement en forçant beaucoup sur leur destinée
Alors que subordonnés ils auraient pu diminuer la facture.
Car, croyez-moi, la rançon sera payée par tout le pays
Dont la majeure partie ignore tout de cette gymnastique
Qui consiste à placer des incompétents au sommet de la hiérarchie

Et qui essaient de cacher leur vice par des airs sympathiques.
J'admets volontiers que des titres soient nécessaires
Pour permettre d'opérer un tri parmi les postulants ;
Mais j'ajoute tout de suite que sans être téméraires
Ils doivent avoir des qualités d'homme en naissant.
En m'exprimant mieux je peux dire qu'en plus de l'instruction

Le chef doit être ferme sans aucune méchanceté,
Savoir décider quand il faudra prendre une décision,
Faire face à ses devoirs sans fuir les responsabilités,
Savoir comprendre et demeurer juste sans faiblesse,
Appliquer lois et règlements sans cesser d'être humain,
Récompenser les loyaux services et non seulement les prouesses
Qui pourront être accomplies isolément par certains.

Etre chef : c'est aussi savoir sanctionner sans partialité,
S'inquiéter, quand il le peut, du sort de ses collaborateurs,
Entendre les doléances présentées par ses subordonnés,
Voilà comment je conçois le métier de chef et d'administrateur
A mon humble avis la qualité de chef n'est pas acquise :
Des gens sans diplômes sont parfois d'excellents directeurs
Car être chef est un don que n'aura pas une marquise
Ce don étant offert par le seul Créateur.

Je m'étonne donc qu'on ne fasse pas une sélection
Plutôt basée sur les valeurs individuelles que sur des papiers
Qui, mis au feu, brûleront en une minute sans hésitation,
Tandis que pour le vrai chef la qualité réside dans son corps entier.
Je continue à croire que les chefs ne se fabriquent pas en série
Comme des casseroles à l'usine nationale de manufacture
Et qu'on livre aux clients en tant que produits finis

Car on naît ou non meneur d'hommes, c'est donc par sa nature.

Etre chef — le 27 Octobre 1968 à Tananarive.
*(En bon souvenir de tous mes camarades de promotion
à l'Ecole Nationale d'Administration de Madagascar).*

Sur tes frêles épaules pèse un lourd devoir
O jeune de mon pays : tu es l'avenir de la patrie ;
Tous les Malagasy reconnaissent en toi le bourgeon de l'espoir,
Les vieux, prêts à disparaître, te contemplent avec envie.

Après ces vieux, tu seras le grand homme de demain,
La Nation aura besoin de ta vigueur, de ton intelligence ;
Prépare-toi dès aujourd'hui à tes fonctions du lendemain,
Apprends tes leçons, fais ton métier d'écolier avec conscience.

Jeune, ta bonne conduite sera ton arme préférée,
Madagascar veut des hommes mais d'hommes bien formés.
Sache donc que tes diplômes seuls ne te feront pas aimé,
Ton comportement montrera que tu es un citoyen éduqué.

Tu seras, dans quelques années, le soutien d'une famille,
Enfant devenu adulte, tu constitueras l'élément nouveau
Pour perpétuer la race dans une vie paisible et tranquille,
Pour raviver la flamme du foyer avec ton flambeau.

Tu as la chance de profiter de l'expérience des aînés,
L'Histoire, plus que les hommes, te jugera avec sévérité :
Tu dois mieux agir, heureux héritier des siècles passés,
Car tu n'auras plus les excuses de ceux qui t'ont précédé.

Tu es la jeune pousse qui remplacera l'arbre ayant servi,
Montre-toi digne de tes responsabilités et fais en sorte
Que tes actes honorent toujours cette aimable patrie
Pour avoir ce repos du juste quand le tombeau t'ouvrira sa porte.

Jeune de mon pays — le 19 Mai 1967 à Tananarive.

Quand je serai libre, leur dit-il, je vous ferai tous sortir.

Si je pouvais vomir mon cœur
Je le ferais sans hésiter
Car j'ai retrouvé ce bonheur
Que j'ai longtemps recherché.

Ce baiser qu'on s'est échangé
Ne marquera pas la fin
Car le goût de nos larmes versées
Nous rappellera le bon chemin.

Ce n'est donc qu'un au revoir
Qu'on s'est dit au bord des larmes
Car l'étreinte sur le trottoir
Reste incrustée au fond de nos âmes.

Ce ne sera qu'un au revoir
Mais différent des autres
Car je suis sûr de te revoir
Pour rallumer un feu, le nôtre.

Les embrassades émues, o ma chérie
Les mots murmurés avec douceur
Me poursuivront sans répit
Et accroîtront ma douleur.

Mais une chose aiguise ma patience
Dans une ambiance pleine d'espoir
C'est t'aimer même en silence
Puisque ce n'était qu'un au revoir.

Ce n'est qu'un au revoir — le 11 Janvier 1969 à Tananarive.

Vous oublierez alors ces murs grisâtres et impersonnels,
Vous choisirez librement sur quelle plage vous faire rôtir,
Ah! Que la vie sera belle pour des anciens criminels !

Ohé ! Ohé ! Sonne l'antsiva[3]
O sonneur !
Tourne-toi vers le couchant
Remercie le Dieu Soleil
De nous avoir éclairé.
O sonneur !
Annonce le retour des pêcheurs
Au bercail.
Sonne l'antsiva
Pour le rassemblement,
L'Ancien prendra la parole
Au clair de lune
Pour nous faire part
D'une naissance.

O sonneur !
Sonne l'antsiva
Alerte les chasseurs
Qu'il est temps pour eux
De rentrer au village,

Demain,
L'antsiva sonnera à nouveau
Pour réveiller les paysans
Qui rejoindront leurs champs.
Après-demain,
L'antsiva résonnera
Pour proclamer
LA LIBERTE.

Sonne l'antsiva — le 27 Novembre 1968 à Tananarive.

---

[3] Antsiva : coquillage géant qui sert de cor aux populations côtières notamment de l'Ouest, du Nord-Ouest et du Sud-Ouest de Madagascar.

Ainsi bercés d'illusions, ils le croient bêtement
Heureux d'avoir quelqu'un en qui mettre leur confiance,
Confiance de naufragés, tassés sur un esquif,
Se débattant désespérément,

Piroguier !
Ton chant encourageant
Réchauffe les cœurs
De tes voyageurs.
Sur les eaux calmes
De ce fleuve boueux[4]
Ta pirogue glisse et glisse
Vers l'autre rive :
Spectacle banal.

Les au revoir,
Les retrouvailles sont monotones
Spectacles quotidiens.
Heureux homme !
Le piroguier
Fait traverser
Mais ne traverse pas.

Piroguier!
Ton chant mélancolique
Raccourcit la traversée
Du fleuve de la Mort
Et ton chant religieux
Etreint le cœur
Du condamné.

Le piroguier — le 29 Novembre 1968 à Tananarive.

---

[4] Ces termes désignent la Betsiboka, un des grands fleuves de Madagascar et qui se jette à la baie de Bombetoka, dans le Canal de Mozambique à Majunga. L'auteur est né sur ses bords à Marovoay (Basse Betsiboka).

Cherchant difficilement à apaiser leur conscience.
Arrive le jour de la libération, pourtant un seul est parti.

J'ai perdu l'appétit depuis ton départ chérie
Il me semble que tout est morne, terne et sans vie,
Puisque tu n'es plus à mes côtés prête à me satisfaire
Ma douleur est grande mais je ne saurai la faire taire.

Je marche sans but dans la ville, à travers les rues,
Je regarde mon ombre s'élargir car tu n'y es plus,
Tout ce que je fais n'est qu'hypocrisie, voire
Mes efforts et ma volonté ne sont que dérisoires.

Tu m'as ravi moi-même et je ne suis qu'un épouvantail
Qui n'obéit qu'aux commandements comme du bétail,
Tu m'as pris le cœur, il ne reste que le corps osseux et charnu
Ce qui me donne tant de mal depuis que je ne t'ai pas vue.

Je ne dors la nuit qu'après avoir revu ton écriture séduisante
Revoir à travers elle ton corps aux lignes épatantes,
Ta bouche que j'aime tant, tes yeux rieurs
Qui semblent m'ôter pour quelque temps toute frayeur.

Que sais-je encore, mon amie, et que vais-je te dire ?
Que mon amour s'épanche éternellement sans jamais tarir !
Je serai pour toi un amant fidèle et un époux sans exemple
Lorsque je te conduirai heureux sur le chemin du temple.

Je cherche en vain parmi la foule quelque délivrance
Car notre séparation me cause trop de souffrance
Mais on se moque de moi et je n'ai plus que toi
Personne ici ne veut comprendre mon désarroi.

Je compte les minutes et les heures pour attendre le jour
Où je serai désormais près de toi o mon amour;
Je songe déjà à l'instant merveilleux de te serrer dans mes bras
Jusqu'à la prochaine escale nous ne nous quitterons pas.

Ton départ — le 21 Août 1961 à Marovoay — Majunga.

Les camarades apeurés, sans soutien, se massent à la grille
Sans pouvoir capter leur lumière, ils se regardent ahuris ;
La lumière disparue, pour eux, plus jamais ne brille.

Ta main vient de tirer la cloche pour sonner le glas
De l'enterrement d'un amour longtemps malade ;
Son âme a cessé de geindre dans le monde d'ici-bas
Il est mort. Tant mieux, tant pis, termine la ballade.

Cette ballade hypocrite dans laquelle tu m'as entraîné
Dévergondée, fille du Diable, tu as su feindre et mentir ;
Aveuglement, je t'ai suivie là où tu m'as amené
Sans arrière-pensée j'acceptais souvent ton repentir.

Tout est désormais fini, tu peux te réjouir
Vas-t-en ensorceleuse, traîne ailleurs ton destin,
Tu portes une marque qu'en la voyant les hommes voudront fuir
Vas-t-en malheureuse, ôtes-toi de mon chemin.

Qu'attends-tu ? Espères-tu encore un fléchissement ?
Non ! Non ! Serpent crache ton venin quelque part
Tu me dégoûtes, disparais car tu perds ton temps
Mon cœur souffrira moins que maintenant après ton départ.

Brutale séparation — le 2 Juin 1966 à Rennes — France.

Délaissés par leur talentueux compagnon d'infortune
Ils mettent à l'épreuve un vieil adage d'ivrognes :
« BACCHUS, parait-il, a noyé plus d'hommes que NEPTUNE ».

O BACCHUS,
Je m'adresse à toi
Dieu si magnanime
Au nom de ceux
Qui t'honorent
Et te respectent.
O BACCHUS !
Toi qui as su si bien
Nous faire goûter
Le nectar de la joie
Protège-nous !
Dieu miséricordieux
Empêche les policiers
De nous enfermer
Pendant une bonne « cuite ».
Car, toi
Si puissant
Nous anime et nous possède
Tu règnes en Roi
Dans nos esprits vaporeux.
Aide aussi tes partisans
A rentrer chez eux ;
Revigore leurs membres flageolants
Pour les soutenir
Jusqu'à leur repaire.
O BACCHUS,
Dieu de l'oubli
Nous te demandons
Une grande faveur :
Toi qui sais faire disparaître
En une seconde les soucis,
Fais que nos chagrins
Ne reviennent plus jamais
Plus jamais.
Je t'implore
Dieu des ivrognes

De prolonger la magnificence
Du merveilleux moment
Car à nos dépens
Nos chagrins
Ne sont plus noyés :
Ils ont hélas,
Oui, ils ont appris à nager.

Prière des ivrognes — 11 Février 1969 à Tananarive.

S'adonnant à l'alcool, ils ne sont plus aptes à la besogne.

Travaille, travaille donc jusqu'à épuisement,
Suis ta conscience qui te guide dans tes tâches,
Espère aussi un petit mot de remerciement
Et tu maudiras tes chefs qui sont des lâches.

Bon citoyen ! Je te plains du fond de mon âme
Car je sais que tu travailles vraiment avec soin,
Mais qu'en récompense tu ne reçois qu'un blâme
Et qu'en toi la révolte gronde mais n'éclate point.

Compatriote, cesse donc de te meurtrir inutilement
Puisque dans ce monde les bons paient pour les mauvais,
Continue ta besogne avec autant d'acharnement
Et tu auras quand même une satisfaction à récolter :

C'est d'avoir servi sans contrepartie
Prouvant ainsi ta supériorité sur la horde de courtisans
Qui claironnent à la ronde « O Madagascar chérie »
Mais qui s'en moquent bien et assez souvent.

Tu peux donc pleurer, compatriote, tant que tu veux :
Tes larmes ne laveront pas les bêtises humaines ;
Tu peux aussi crier comme un sourd si tu le peux :
Tes cris ne réveilleront pas les sages enterrés dans la plaine.

Ne te décourage pas, travaille toujours honnêtement,
Ne cherche pas à mourir car tu seras vaincu,
Ton suicide ne servira à rien, tu sers mieux vivant
Démontrant ainsi que tu ne faiblis point même déçu.

Travaille — le 15 Novembre 1968 à Tananarive.

Pauvres prisonniers, ils adorent désormais leur captivité,
Tout sens en eux est émoussé, ils sont inconscients,
Oubliant ce qu'ils ont de plus cher jusqu'à leur liberté
Pour laquelle ils ont longtemps combattu mais vainement.

Ton rêve s'est-il réalisé maintenant
Parce que te voilà Bourreau en face de moi ?
Enlève donc ta sinistre cagoule car tu es puissant
Si puissant que tu crois même m'anéantir d'effroi !

Mais, Bourreau, je te donne mon corps couvert de plaies :
Le voici. Fais sur lui ce que tu veux ;
Je ne crierai pas, je ne pleurerai pas car je sais
Que toi aussi tu as horreur de ton devoir de gueux.

Souviens-toi pourtant que ma mort n'effacera rien
Car je survivrai au supplice à l'aide de mes pensées ;
Si tu tues un homme, Bourreau, ses idées ne changeront point
Tu as tué le corps, mais, l'esprit, tu ne le tueras jamais.

Dans l'erreur est donc celui qui croit que le corps
Constitue l'ennemi public à abattre à tout prix :
Quand le corps est emprisonné, le cerveau devient plus fort
Et un atome d'intelligence déborde toutes les prisons réunies.

Tu perds ton temps à immoler des innocents.
Bourreau, donne à tes enfants une autre mentalité
Parce que les convictions se moquent de l'emprisonnement
Car leur seule prison est le cerveau, royaume des idées.

Le royaume des idées — le 9 Décembre 1968 à Tananarive.

Des valeureux partisans de la liberté, il n'y a plus rien ;
Ce sont des épaves humaines qui se contentent d'accepter,

Jeune prétentieux sorti de tes lointaines campagnes
Tu partis joyeux à la conquête de l'infini,
Un monde méconnaissant tes traditionnels pagnes
Tu te lamentes vainement croyant ta vie finie.

Tu voulais vivre et tu aimais l'inconnu incertain,
Qui es-tu, mystérieux et complexe, qui es-tu ?
Courbant tes épaules sous le frais vent du matin
Tu ressembles à un vieillard, fatigué et fourbu.

Vieillard, tu l'es maintenant, souffrant et malheureux
Repoussé par ce monde que tu désirais connaître
Bafoué, mal aimé, bousculé par ce flux houleux
Misérable, tu seras malmené comme un traître.

Que suis-je ? Une épave humaine refoulée de partout
Renié, repoussé par mes semblables, où vais-je aller ?
Incompris, je te demande, Terre, de préparer mon trou
Qui sera le seul moyen d'obtenir la seule tranquillité.

Incompris — le 6 Septembre 1968 à Tananarive.

Blasés, écœurés même, ils obéissent en automates à leurs gardiens
Se sachant impuissants, ils se meurent résignés.

O dieux, vous qui veillez du haut des cieux,
Daignez panser ce cœur meurtri par la souffrance,
Regardez-moi, je vous supplie, baissez vos yeux,
Ravivez ma flamme, redonnez-moi l'espérance.

Ai-je donc mérité la misère et le malheur ?
M'a-t-on donné le jour pour vivre ce cauchemar ?
Ou, puis-je, malgré tout, avoir ma part de bonheur
Pour écouler le peu avant le fatal grand départ ?

Oui, j'ai appris à aimer la Mort fin des peines,
Je l'ai tant chérie que je n'en ai plus peur,
C'est la seule issue pour finir toutes ces haines ;
Abrégez mes jours, je vous prie de cesser la terreur.

Cette terreur dans laquelle je vis depuis longtemps,
Est devenue mon amie ainsi que le verre ;
J'ai pactisé avec l'alcool, j'ai épousé la fille des temps,
C'est l'infini dans le fini qu'ignoré le peuple de la Terre.

Je te remercie O divin peuple de la chère planète
En récompense et pour me consoler tu m'as rejeté,
Tu m'as craché au visage avec une courbette
Te moquant de moi, tu m'as, en plus, maltraité.

Je vous prie de me laisser désormais à mon sort
Pour ruminer ma malchance et préparer ma vengeance :
Le seul crochet auquel je me suspendais a quitté le support
Je me résigne pour le moment à évoquer ma tendre enfance.

Presque résigné — le 10 Septembre 1968 à Tananarive.

Ils essaient de savoir ce qu'est devenu leur ancien compagnon
En lui envoyant des lettres toujours sans réponse ni écho.

La lune voilée par les nuages
Envoie sa clarté blafarde
Qui laisse voir un vrai mirage
Et met mon cœur en garde.

Mais transporté dans un autre monde
Je n'entends rien du tout
Ma pensée s'envole et mon âme vagabonde
M'emmène n'importe où.

Dans ce silence nocturne, assis dans l'herbe
Je pense à toi divine amie
L'amour m'enivre de sa boisson acerbe
Mais me donne plus d'envie.

Seul dans ce cadre naturel enchantant
Où l'humain n'est qu'un atome,
Où résonnent au loin des cris vibrants,
J'ai oublié que je suis un homme.

L'astre là-haut rayonne et brille
Mais mon cœur pleure
Loin de toi chérie je ne suis pas tranquille
Inhospitalière est ma demeure.

Les arbres frissonnent sous un léger vent
Et mon cœur vibre aussi
Je foule le sol d'un pas nonchalant
Osant relever ce défi.

O toi, qui habites l'au-delà de cette haie
Entends-tu ces plaintes poussées
Par un cœur en peine, perdu dans la forêt
Et qui sans toi ne seront pas arrêtées?

Amour ! Ton seul nom me fait trembler
Je te parle en bégayant
Ma bouche est pleine de cet élixir que tu as versé
Dans mon cœur d'adolescent.

Mon âme exaspérée s'enferme dans sa cage
Lasse d'être torturée,
La solitude m'est chère, tout n'est que volage
Pour un cœur affamé.

Appel sans écho — le 15 Juin 1962 à Fianarantsoa.

Mais eux, sans se lasser, misent encore sur ce pion
Qu'ils espèrent capable de les retirer des flammes de leur fourneau.

Mon inquiétude durera-t-elle encore longtemps ?
Pourras-tu un jour calmer l'esprit d'un amant
Qui t'aime de toute son âme, de tout son cœur,
Lui pardonner ses fautes et ne garder aucune rancœur ?

Mon inquiétude est grande et j'en suis la cause,
Je ne connaîtrai plus de repos ni de pause
Tant que je ne suis pas convaincu de ta fidélité :
Je trompe souvent et j'ai peur d'être trompé.

J'ai tout abandonné pour mieux te servir
J'ai délaissé ma vie aventureuse pour te chérir
Mais ... quelquefois et dans ma solitude
Mon souvenir, parfois, me donne de l'inquiétude.

Comprendras-tu la grandeur de mon amour ?
Sais-tu qu'un cœur rebelle se repent toujours ?
Alors, tu sauras mes soucis, mon inquiétude
Je me suis ressaisi et j'ai fui l'ingratitude.

Pardonne-moi ma mie si je t'importune encore,
Je ne suis qu'un malheureux, un déshérité du sort
Qui ne demande qu'être aimé de ton corps gracile
Car de cavalier infatigable je deviens piéton docile.

Pardonne mon trouble, mon inquiétude et mon angoisse,
Toi que j'ai placée très haut et qui comprend ce qui se passe :
O toi plus fine que la gazelle et dont la grâce est étonnante
O toi dont la voix a le charme des eaux murmurantes.

Mon inquiétude — le 10 Septembre 1961 à Marovoay-Majunga.

DEUXIEME PARTIE

II

Mais le camarade, ébloui par les mille feux de la liberté,
Se souvient de moins en moins de son lugubre séjour

Où sont les neiges d'antan ? disait VILLON un jour,
Il les regrettait, amis, car elles n'entendaient plus son discours.
Les minutes, les heures, les jours, les années passent,
L'enfance, l'adolescence et la jeunesse s'effacent.

La beauté est vite fanée si on ne la soigne pas ;
La vie est éphémère et d'homme libre on devient forçat.
On cherche à savoir, on réfléchit très profondément
Et on demande en vain : « où sont les neiges d'antan ? »

L'amour disparaît, l'espoir s'engloutit,
La vieillesse guette, puis le temps s'évanouit ;
On se croit malheureux malgré les soins des parents
Et on espère en vain revoir ces neiges d'antan.

Où sont les neiges d'antan ? Elles ne sont plus.
On ne voit qu'un mirage, tout devient superflu ;
On les appelle, on les supplie le plus longtemps
Qu'on veut ; mais, où sont-elles ces neiges d'antan ?

On se repent d'avoir mal agi mais ... on est vieux
Si on était jeune on revivrait ces instants merveilleux
Du faste du passé, et, on invoque souvent
Sa jeunesse frivole mais, où sont-elles ces neiges d'antan ?

O sort malheureux ! O destin sombre
Les neiges d'antan se cachent dans l'ombre.
O jeunesse mal orientée, délivre-moi de tes souvenirs,
Mes jours sont comptés et ma vie va sitôt finir.

Où sont les neiges d'antan ? — le 15 Juillet 1961 à Marovoay-Majunga.

Délivré des soucis du jour
Je rêve aujourd'hui,
En regardant tour à tour
Ton image et mon lit.

Le soir gris enveloppe la ville
La nostalgie étreint mon cœur ;
Je cherche un coin tranquille
Où épancher ma douleur.

Et dans la nuit sombre
Où tout se confond
Je te cherche dans l'ombre
Et mon cœur se morfond.

O toi princesse de mes vœux
O toi chère amie lointaine
Ton sourire reste dans mes yeux
Comme l'eau d'une claire fontaine.

Nostalgie amoureuse, que tu es cruelle !
Mon être s'évanouit dans les bras de MORPHEE ;
Atténue un peu cette tutelle
Que tu imposes à ton trophée.

Nostalgie amoureuse — le 20 Octobre 1962 à Fianarantsoa.

Ce qui importe c'est que maintenant il est bien installé ;
Au diable la prison, ses gardiens et les corvées de jour.
Il n'est plus un numéro, c'est un Monsieur bien vivant
Qui mange à sa faim, qui trône dans un luxueux bureau,
Qui évolue fièrement au milieu de nombreux courtisans,
Qui renie le serment jadis prêté devant les forçats nigauds.

Pourquoi reviens-tu me narguer dans ma peine ?
Après tant d'absence, peux-tu encore te souvenir
De ces étreintes furtives échangées dans la nuit sereine
De ce temps éloigné où nous devions nous chérir ?

S'il en est ainsi, viens à nouveau m'embrasser
Viens te blottir dans mes bras protecteurs
Mes mains hésitantes pourront te caresser
Car le feu qui a brûlé l'est toujours dans nos cœurs.

Remue donc ces cendres qui cachent la braise fervente
Et tu reconnaîtras facilement le feu que tu as allumé
Dans mon cœur d'adolescent à la foi ardente
Parce que ce feu, quoique timide, n'a point cessé d'exister.

Point n'est besoin de parler ni de gesticuler
Nos bouches fermées parlent manifestement
Nos yeux larmoyants nous obligent à respecter
Ce silence significatif, ce silence très éloquent.

Ma joie trop grande m'étouffe en ce moment.
Rallume ce feu et débarrasse-le des cendres
Qui l'ont couvé malgré nous pendant longtemps
Car elles ne sont ni d'HELENE ni de CASSANDRE.

Des cendres — le 6 Janvier 1969 à Tananarive.

De temps en temps, par ses soins, un compagnon est libéré
Mais, combien il en reste encore à tirer du fond du ravin.
Devenus en eux-mêmes, malgré eux, des opposants acharnés
L'oubli de leur sort a transformé les grands amateurs de vin.

Je te salue, o vénérable Patriarche de la tribu
Conseiller doué, illuminé par les divinités et les ancêtres !
Dans ta splendide demeure tu m'as souvent reçu
C'est moi FALIAH, orgueil de ses parents et de ses maîtres.
Je viens à toi o sage descendant de nos aïeux
Te demander les conseils dont mon être a besoin
Invoque pour moi l'indulgence et la bonté des Dieux
Je te promets d'en être digne et d'en prendre soin.
O Patriarche ! Je me présenterai aux prochaines élections
Et j'ai besoin de ton aide pour réussir à bien gouverner
Tu sais qu'il faut prendre au sérieux les affaires de la Nation
Mon seul entendement ne suffira plus à les mener.

Paix à toi, FALIAH, orgueil de ses maîtres et de ses parents !
Je t'ai entendu et invoqué les Dieux en ta faveur.
Je te prenais sur mes genoux quand tu étais enfant
Je sais depuis longtemps qu'on peut te confier un noble labeur.
Tu seras élu FALIAH car le peuple te fait confiance
Mais cette confiance coûte cher et tu le sais très bien
Un homme averti comme toi et qui a acquis des connaissances
Ne peut que diriger notre peuple dans le droit chemin.
FALIAH ! Une métamorphose pourrait se préparer lentement
Et tu dois veiller à ce qu'elle ne se produise jamais
Non par la force dont tu disposeras en gouvernant
Mais par un souci constant de maintenir l'égalité et l'équité.
Imagine donc que pour ce peuple de danseurs et de chanteurs
Les danses se transformeront en marche de manœuvres militaires,
La masse se rendra brutalement compte de ses malheurs
Les chants, eux aussi, se mueront en cris de guerre.
Imagine encore que les fusils remplaceront leurs instruments
Les guitares seront des mitraillettes, les tam-tam des canons !
Aux chants nostalgiques succéderont des appels de ralliement
Qui résonneront étrangement d'écho en écho dans ces vallons.
Seras-tu content FALIAH, toi, l'homme si pacifique,
Toi, le flambeau du peuple qui aura gagné aux élections ?

FALIAH ! Tu maintiendras la paix, c'est si magnifique,
Evite par de bons moyens que ton peuple ne fasse la révolution.

Je te remercie o vénérable Patriarche de la tribu
Conseiller doué, illuminé par les divinités et les ancêtres.
Dans ta splendide demeure tu m'as souvent reçu
C'est moi FALIAH, orgueil de ses parents et de toi, O Maître !

Paix à toi FALIAH, mon digne orgueil et celui de tes parents,
Va rejoindre notre peuple, prêche FALIAH et marche
Tu seras l'apôtre du bien au sourire réconfortant
Tu vaincras FALIAH, je te le dis, moi, le Patriarche !

La métamorphose — le 24 Octobre 1968 à Tananarive.

Ces gens ramollis, soudain se réveillent d'une terrible torpeur
Ils commencent à ouvrir les yeux sur la réalité tragique et dense :

Je suis Abracain, ma femme est Abricaine, nous arrivons d'Abraca.
Nous avons fui notre pays et venons vous demander l'hospitalité
Car de ce volcan on ne retrouve plus trace du commun magma
Qui s'est désintégré en poussières d'égoïsme et d'inégalité.

Nous préférons donc l'exil pour pouvoir demeurer intègres
Puisqu'à Abraca la corruption et la débauche atteignent leur plafond
On ne vit plus normalement sous les lois d'airain d'une pègre
Qui ne cesse, à longueur d'année, de nous soutirer des fonds.

Les paysans n'ont presque rien, tous leurs revenus sont dépensés;
A côté de leurs besoins et des impôts se greffent des cotisations
Ils sont obligés de payer sans comprendre aucune de ces simagrées
Exhortés d'obéir, ils le font souvent sous la menace d'arrestation.

L'égalité, dans ce pays est chose inconnue, ne vous en étonnez pas
Car ce sont les campagnards qui supportent tout dans leur pauvreté :
Les grands revenus sont aux mains de la fine fleur d'Abraca
Qui prétend et proclame nous donner une meilleure société.

Pourtant, en fait de meilleure société, nous sombrons dans le vice :
A Abraca, l'argent, la carte et la vente sont les principales clés
Pour réussir dans toute affaire et éviter toute sorte de maléfices
Bref, pour devenir quelqu'un dans la vie et obtenir la tranquillité.

L'argent est universellement connu comme utile à l'existence
Mais à Abraca son emploi dépasse largement sa première utilité
Parce qu'il n'est plus seulement l'apanage des hommes de finances
Mais de tout citoyen désireux de se situer sans trop se fatiguer.

La carte, par contre, est toute récente mais le système est installé
Quiconque peut la présenter est assuré partout d'un bon accueil,
Celui qui ne l'a pas ne pourra s'exprimer sans risquer d'être enfermé
Et perdre du même coup sa place qu'il escomptait au soleil.

Quant à la vente, elle étonnera toutes les imaginations :
L'esclavage tant critiqué ferait devant elle mauvaise figure
Car dans l'esclavage il y avait égalité et, jusqu'à son abolition
On vendait hommes, femmes et enfants nés sous tous les augures.

Mais, à Abraca, l'esclavage moderne prend une forme nouvelle
Car on n'y vend que les femmes pour bien situer les hommes,
On y vend des mères, des épouses, des sœurs jusqu'aux filles pucelles
Le Diable lui-même serait jaloux de ce second SODOME.

Avant de quitter ce pays que nous avons tant aimé et chéri
Nous avons alerté les responsables du péril qui plane sur la Nation
Nous avons combattu jusqu'à épuisement sans trêve ni répit
Mais vainement car le bon peuple, opprimé, a préparé la Révolution.

Abraca vu par des Abracains — le 26 Octobre 1968 à Tananarive.

O Bwana ! Nous t'avons longuement acclamé
Lorsque tu t'es montré à nous au milieu de tes partisans.
Semaine après semaine, le feu de la victoire a brûlé
Célébrant le triomphe des Bwana Noirs sur les Bwana Blancs.
Mais, Bwana, la fête ne peut pas durer longtemps
Il nous faut revenir à notre travail de toujours.
Pour t'honorer des milliers de patriotes ont quitté leurs champs
Mais voilà qu'ils n'auront rien à manger pendant des jours.
O Bwana ! Tu nous as promis la richesse et l'abondance,
Nous avons combattu à tes côtés, l'as-tu oublié ?
Car il nous semble ne recevoir que ta répugnance
En dédommagement du sang que, nous aussi, nous avons donné.
Marche donc les pieds nus comme nous, O Bwana
Dors aussi à ciel ouvert, mange ce que nous mangeons,
Tu comprendras alors, tu comprendras sûrement Bwana
Que nos malheurs persistent encore et que nous en souffrons.
O Bwana ! Qu'y a-t-il donc de changé, depuis ?
Tu nous répondras que le Bwana Blanc n'est plus là,
Mais nous continuons toujours à puiser l'eau du puits
Car l'eau courante est seulement chez toi, O Bwana !
O puissant Bwana Noir ! Le Bwana Blanc n'est pas parti,
Il est chez toi, il est dans tout ce que tu as fait,
Il a emprisonné ton corps et même ton esprit.
Aie pitié Bwana car tu n'es plus celui qu'on connaissait.
Le Bwana Blanc a habité cette belle demeure,
Et, à son départ, Bwana Noir se précipite dans la maison;
Le Bwana Blanc a offert une réception en son heure
Et Bwana Noir en fait autant sans une seconde de réflexion.
Ne te fâche donc pas si je te révèle la vérité :
Tu nous as toujours considérés comme des ignorants
Des ignorants sourds-muets! Mais, aie pitié Bwana, aie pitié
Si je te dis que le Bwana Noir vaut bien le Bwana Blanc !

Pitié Bwana ! — le 18 Octobre 1968 à Tananarive.

Leur mépris leur donne la force de ne plus avoir peur
Ils veulent s'émanciper et goûter à une autre existence.

Je tolère que par ton travail tu aies acquis cette richesse
Car elle me gênerait dans ma pauvre chaumière,
Mes revenus n'exigent pas de moi beaucoup d'adresse
Et je dors la nuit malgré mes soucis pécuniaires.

Je tolère volontiers que tu sois noble et moi roturier,
Les quartiers de lune suffisent pour éclairer ma cour,
Les quartiers de bœufs nourrissent des villages entiers
Mais, les quartiers de noblesse ne rapportent pas toujours.

Je tolère aussi que ta peau ait une autre couleur,
On ne nous a pas demandé de déterminer un choix
Pour nous donner cet aspect qui fait plus ou moins notre bonheur
Et nous faire naître Esquimaux, Bantous, Russes ou Chinois.

Je tolère encore que tu sois plus grand que moi :
La taille ne m'impressionne guère si elle manque de finesse.
On a, semble-t-il, souvent besoin d'un plus petit que soi,
Je préfère donc évoluer dans l'intelligence de ma petitesse.

Je tolère enfin que tu aies une autre religion :
L'essentiel est d'avoir quelque chose en qui vouer ton âme.
Que veux-tu ? Choisis car les dieux sont légion
Qu'ils s'appellent Zeus, Manitou, Allah, Bouddha ou Badame !

Mais sais-tu que ma tolérance a tout de même des limites ?
Quand nous sommes compatriotes les lois doivent nous unir
Et nous montrer l'égalité que les différences ont détruite :
Elles doivent nous aider à apprendre à ne plus nous haïr.

Je tolère la différence — le 27 Octobre 1968 à Tananarive.

Le compagnon, entouré d'inconnus, dissémine leurs rangs

Aux Morts du 29 Mars 1947

Surgissez de vos tombes o héros inconnus !
Amoureux de la liberté furent lâchement abattus ;
Enseignez-nous le patriotisme vigoureux qui vous soutenait
Même devant les mitraillettes qui, sans cesse, crépitaient.

En ce jour solennel où l'on reconnaît vos vraies valeurs
L'amer souvenir de ces heures angoissantes nous étreint le cœur ;
Vous osiez secouer le joug qui pesait sur notre patrie
Et disparaissiez brutalement, Ennemis de la Colonie.

Il y a vingt ans, à pareille époque, que de sang
De malheureux suppliciés et tous innocents,
Oui, des combattants innocents mus par un seul espoir :
Pouvoir en mourant libérer MADAGASCAR.

A MADAGASCAR :

O Madagascar, rend hommage à tes chers enfants
Qui résistaient vaillamment à la vue des spectacles déchirants ;
Ce sang, prix de ta liberté, gage de ton indépendance
Réclame aujourd'hui une minute de souvenance.

Dois-tu oublier ces durs moments de détresse inouïe
Dans ta neuve souveraineté à peine épanouie ?
Dois-tu méconnaître Moramanga avec son wagon entier
Et ses voyageurs périssant sur les bords du sentier ?

Et Farafangana, Ambositra, Vohipeno, villes ensanglantées,
Tananarive, ta douce capitale, carrefour des condamnés,
Et le peuple Malagasy, opprimé, subissant une défaite,
Une fois de plus, devait continuer à courber la tête.

Tout cela, o Madagascar, revient aux mémoires affligées
Les peines renforcées à la vue de nombreux étrangers
Souffraient de l'abandon, en leurs mains, de ta destinée,
Au lieu de danser, o Madagascar, tu devras pleurer.

Pleure, Madagascar, pleure et fais ton repentir
Que ta souveraineté, désormais, se fasse sentir,
Et que tes enfants puissent regarder avec des yeux nouveaux
L'ancien maître sans pouvoirs, ni tortures, ni poteaux.

Émouvant anniversaire — le 29 Mars 1967 à Ambalanjanakomby sur la route
de Majunga.

« Je n'ai plus besoin de vous, clame-t-il, à ses victimes
« Vous avez peuplé ma solitude, je veux aujourd'hui votre sang ».

Fruit vert
Je te cueillais à l'aurore
Pour apaiser ma faim
D'ogre.
Et toi si fragile
Ne résista point.
Ah ! Je t'avais séduit
Dans la pénombre
Et l'arbre qui te portait
M'avait bien reçu.
Le feuillage
Qui t'abritait la veille
Fut mon complice
Pour me préserver des regards
Des regards indiscrets.
Fruit vert
Je suis rassasié
Car tu fus chair et eau
Qui remplissait mon ventre,
Qui me désaltérait d'une soif d'océan.

Fruit vert — le 27 Novembre 1968 à Tananarive.

« Mourez tous maintenant ou fuyez ma colère légitime ».

Les funestes sonneries fusent de tous côtés ;
Les anges, en émoi, voltigent dans les nues
Annonçant partout la fin de l'Eternité.
La triste nouvelle se répand : Dieu n'est plus.
« Ah ! Dieu est mort ! Soupirent quelques sensibles,
« Quel malheur ! Quelle perte ! Mais cela devait arriver,
« A qui vouer notre âme, disent-ils, en serrant la Bible,
« Nous en avions l'habitude et nous voilà déroutés !
Un homme sort des rangs et demande à parler.
« Vous vous lamentez, dit-il, à cette horde éplorée
« Rendez-vous compte seulement, au lieu de vous ébranler
« De ce que vous, vous avez fait de l'humanité.
Alors, chacun de son poing droit se frappe énergiquement le cœur,
Celui-ci a violé une femme, celui-là a tué son père,
Certains arrêtent de marteler sentant bien les douleurs
Car tous, en leur âme et, pécheurs qu'ils sont, espèrent.
« Approchez, vous qui pleurez, continue la voix de l'orateur,
« Essuyez vos pauvres larmes qui n'inondent même pas vos joues,
« Gardez votre hypocrisie, il est mort le Créateur,
« Il est mort aujourd'hui, il l'était déjà pour vous.
« Vous secouez vos têtes, vous en avez honte maintenant,
« Parce que chez vous Dieu n'a été qu'un nom, un mot
« Prononcé dans votre détresse, à certains moments
« Vous l'aviez tué et enterré au sein de vos troupeaux.
« Vous êtes fiers en gagnant quelque victoire sanglante
« Sans penser aux morts, aux veuves et aux orphelins ;
« Ce triomphe macabre est, pour vous, cause de joie éclatante
« Et vous prétendez le dimanche ressembler aux chérubins !
« Combien de mendiants avez-vous laissé repartir les mains nues ?
« Alors que vos coffres regorgent de trésors admirables :
« Faute de pouvoir se nourrir, combien d'hommes ont disparu ?
« Ils ont préféré la tombe à l'égoïsme de leurs semblables.
« Et qu'avez-vous donc fait de l'égalité et de la fraternité humaines ?
« Vous les regardiez avec dédain du haut de votre perchoir,
« Vous ne vous en souciez pas et entreteniez la haine,
« Pour vous, comme en musique, une blanche vaut deux noires.

« Pour l'amour de l'argent, n'avez-vous pas volé ou menti ?
« Vos parents, dans cette course, sont devenus vos concurrents,
« Contaminés, eux aussi, par cette ignoble maladie,
« Recourent avec vous à mille et mille expédients.
« Malheureux ! Fuyez ma colère, disparaissez de ma vue,
« Apprenez à vivre sans Dieu, ignorez la loi du plus fort,
« Votre conscience sera le guide longtemps attendu
« Car Dieu n'est, Peuples, Dieu est mort ».

Dieu est mort — le 21 Novembre 1966 à Tours — France.

O cadavre, école des vraies vérités terrestres, écoute-moi :
Que de larmes ont ruisselé sur ce cercueil de bois froid,
Que de soupirs se sont évaporés sur l'aire d'enterrement,
Alors que tu es le symbole de la triste fin des vivants.

Sur un cadavre, apprenons l'inutilité des hautaines grandeurs
Car, morts, vous et moi aurons la même rigidité de froideur;
Que vous le vouliez ou non un sort unique nous est réservé :
A l'appel fatidique de la Mort, personne ne peut s'esquiver.

Sur un cadavre, les traits frappés de l'éternelle immobilité,
Rendent insignifiants les soins imposés par la servilité
Qui dicte l'emploi de tel produit pour les dents, tel autre pour les cheveux,
Car, morts, riches et pauvres, serfs et seigneurs, ferment tous les yeux.

Des êtres tant aimés, malgré eux, sont soustraits de notre vue,
D'abord cadavres, ensuite poussières, ont totalement disparu.
Pour parer la femme élégante, le vison donne l'étole,
Pour faire un bon citoyen, le cadavre est une école.

Peuples de toutes les couleurs, tendez-vous donc la main,
Cessez de vous haïr, vous ignorez ce que sera demain ;
Regardez bien un cadavre et vous saurez certainement
Que le fil de la vie peut se rompre à tout moment.

Sur un cadavre — le 13 Mai 1967 à Tananarive.

Les nouveaux libérés applaudissent gaiement cette victoire
Alors qu'eux aussi sont des repêchés minables et avilis
Ils ne pensent plus, repus qu'ils sont, aux propos diffamatoires
Lancés à leurs anciens camarades demeurés au fond du puits.

Ne me méprisez pas si j'ai cette peau tannée :
Je suis le cultivateur qui vous nourrit de sa sueur,
Dans la rizière, avec le temps, ma jeunesse s'est fanée,
Mon corps noirci a reçu du soleil trop de chaleur.

Ne me chassez pas si je viens mendier chez vous :
Enfant abandonné, j'ai vécu dans la pire misère,
Mes frères et sœurs ne mangent pas, ayez pitié de nous,
Le soir, pour dormir, nous nous entassons sous un réverbère.

Ne me bousculez pas dans la rue si je suis mal vêtu :
Mes faibles moyens en sont la cause et j'en souffre
Ma femme n'a qu'une robe, mes enfants ont le torse nu
Notre feu s'allume rarement, nous dînons un jour sur deux.

Ne vous moquez pas de ma maison décrépite et démodée :
Mes murs sont squelettiques, mon toit menace de s'effondrer,
Je préfère y être que dehors à la merci de la rosée
Comme mes semblables, alors sans abri, mais obligés de se coucher.

Ne m'en voulez pas trop si un jour je vous ai volé :
Depuis l'an dernier je cherche un emploi sans succès ;
Monsieur le Juge, ma famille, comme la vôtre, doit manger,
Je vous demande : « A ma place qu'auriez-vous fait ? »

Ne faites rien, je suis l'image vivante de votre pays,
Témoin de sa pauvreté, plaie incrustée dans son bonheur,
Je suis Madagasikara, terre de vos ancêtres et bien-aimée patrie,
Relevez-moi de cette boue puante où j'endure maintes douleurs.

Je suis Madagasikara — le 11 Mai 1967 à Tananarive.

La traîtrise, peuples, est de ce monde, je vous le répète encore
Méfiez-vous des grands palabres dispensés gratuitement :
Le serment des prisonniers est dans chaque bouche, chaque corps
Mais combien ont changé quand la liberté arrive vraiment ?
Combien de fois a-t-on voulu nous apprendre la vie égoïste ?

Madagascar ! Tes enfants se réveillent de leur torpeur ;
Si longue et si pénible était l'attente
De ce moment de l'enlèvement de la peur
Qui les engourdissait recroquevillés sous la tente.

Ton histoire est riche mais ton passé est vexant ;
Nos aïeux t'ont vénérée, des brutes t'ont déchirée
Ceux-là mêmes qui ont fait un breuvage du sang
De ceux qui t'ont le plus servie et aimée!

Aujourd'hui, bénis soient l'Eternel et les Ancêtres
Qui ont enfin voulu sauver ton peuple
Du péril de l'ensevelissement et le remettre
Au rang des libres, sortis indemnes de la jungle.

Car tu étais jungle et fus torrent
Qui cachait et engloutit tour à tour
L'illustre et l'imbécile, le cancre et le savant,
Il est temps que cela cesse pour toujours.

Un, parmi tant d'autres enfants de ce pays
Aujourd'hui est désigné pour t'honorer.
Il a pu écarter ces envieux maudits
Et toi, Mamelle, auras-tu le malheur de l'ignorer ?

Non, et je te montre celui-là même qui a triomphé
Des usurpateurs, menteurs exécrables et fats
Qui, dans une mare boueuse se sont désaltérés
Pour s'y enfouir peu à peu avec un bruit mat.

Oui, Madagascar, écoute ton représentant
C'est le vrai et tu le reconnais : c'est ton fils ;
Ecoute sa voix car il est digne et méritant
Courageux, il a osé ardemment relever un défi.

Adressons nos vœux de prospérité et de réussite
A notre nouvel élu qui conduira la destinée
De Madagascar vers un chemin jonché de mérites
Ignorant l'égoïsme, l'orgueil et la vanité.

A Madagascar — le 1er Mai 1965 à Tananarive après
la prestation de serment de Monsieur le Président de la République.

I

La pluie se déverse sur la ville endormie par le temps,
L'animation habituelle cesse d'un coup comme par enchantement
Le règne est à la nature qui se déchaîne en ce moment
Démontrant sa force et sa supériorité aux hommes impuissants.

Et voilà que des rigoles se creusent quelques minutes après
Permettant aux eaux sauvages de charrier granits ou grès
Ou même la terre rouge qui leur sert de lit sans la ménager
Car elles sont fortes et ignorent la gratitude ou la pitié.

Plus loin des rigoles se joignent pour former le torrent ;
De leurs efforts réunis est né cet étrange descendant
Qui ne connaît pas d'obstacle parce qu'il est très puissant,
Qui coule et serpente en terre conquise indifféremment.

II

La pluie en tombant inonde tout sans exception,
Elle touche en même temps : hommes, bêtes, plantes et maisons;
Le paysan effaré essaie activement de protéger ses sillons
Contre ce déluge imparable, facteur incontesté d'érosion.

C'est ainsi que sa semence se trouve dévastée impunément
Et avec elle la subsistance qu'il doit assurer à sa femme et à ses enfants.
Pourtant, pour d'autres de son genre, la pluie a effet bienfaisant
En arrosant à temps leurs cultures, leurs rizières et leurs champs.

Avec la pluie renaît la verdure reposante des plaines
Les arbres en profitent pour se refaire des coiffures de reines
Et les hommes si plaintifs se débarrassent de la chaleur qui les peine.
Ainsi toute la nature est satisfaite et la pluie n'est pas vaine.

III

Et toi compatriote, qu'as-tu fait pour ton pays ?
Tes actions l'ont-elles servie dignement depuis ?
T'es-tu posé la question sur l'affreux rôle que tu joues jusqu' ici ?
Dans ton égoïsme de mortel tu l'as souvent trahie !

Tu ressembles à cette pluie impitoyable et non à la pluie magique
Tu traînes partout où tu vas ta grande ombre diabolique
De traître inconscient avec gestes et paroles pseudo-patriotiques,
Comme la mauvaise pluie tu annonces un événement maléfique.

La pluie magique ne s'est jamais vantée d'avoir arrosé ton champ
Alors qu'à chaque quelque bien accompli tu te crois méritant;
Il faut donc que tout le monde t'en félicite grandement
Sinon tu te considères le plus malheureux des êtres vivants.

Pauvre homme! Ouvre les yeux et regarde bien ta patrie
Elle est comme toi, pauvre dans sa plus grande partie ;
Elle a besoin de chacun de nous et comme la bonne pluie
Fais sagement ton travail, mène ta vie avec modestie.

Comme la pluie — le 24 Janvier 1967 à Tananarive.

Où sont-ils à cette heure-ci ces vénérables pionniers ?

L'hiver, par dessus l'automne, vient nous frapper ;
Les feuilles continuant la routine, se mettent à tomber ;
Le soleil, vieux vestige de l'été, se cache de mieux en mieux ;
La pluie, pour achever, inonde, arrache poutres et pieux.

Quelque part, pourtant, insensibles au froid, des hommes-fauves,
Fusil ou mitraillette à la main, meurent ou se sauvent,
Elevant au ciel blanchi de poudre leurs cris de fierté :
Ce sont, dit-on, les défenseurs farouches de la liberté.

Quelque part, aussi, des millions d'êtres crèvent de faim
Alors que d'autres vivent béatement dans un luxe certain,
Ignorants du malheur d'autrui, se vautrent dans la luxure :
Ce sont, dit-on, les élites de la nation et du monde futur.

Quelque part, encore, des volontaires travaillent avec acharnement
Mais font beaucoup plus de tourisme que de travail souvent
Aident leur prochain à avoir une meilleure existence :
Ce sont, dit-on, les mercenaires et les techniciens de l'assistance.

Quelque part, enfin, des vieillards et des jeunes sans abri
Déguenillés, mal nourris, avilis et transis
Sillonnent les routes, quémandent l'aumône rare :
Ce sont, dit-on, les produits de la civilisation et de ses tares.

Et pourtant, étranger aux maux, l'hiver épie ses proies,
Se ralliant au plomb et à la poudre, il multiplie les croix.
Ce n'est pas à lui d'étouffer nos pleurs ou d'essuyer nos larmes :
C'est à nous de donner à manger et d'abaisser nos armes.

Quelque part et l'hiver — le 27 Novembre 1966 à Tours-France.

Enchaînés par la logique de leur raisonnement d'arrivistes
Ils ont, eux aussi, hélas, prêté le serment des prisonniers.

AVANT LA FIN

Servir son pays ! C'est aimer le dit pays de tout son cœur
Je dis bien le pays et non la petite parcelle de terre
Ou l'arbre touffu qui, l'été, vous dispense de la fraîcheur :
C'est le pays tout entier délimité par ses frontières.
Mais, vous le savez : aimer ne suffira pas pour servir.
Proclamer son amour pour sa patrie, tout le monde peut le crier
Pourtant combien servent correctement sans jamais trahir ?
La trahison dénoncée est l'inexécution d'une tâche attribuée.
La paresse est la forme supérieure de cette trahison
Et cela à n'importe quel degré de l'échelle sociale :
Depuis l'élève qui dédaigne apprendre ses leçons
Jusqu'aux hauts dignitaires qui nous gouvernent mal.
Car servir son pays c'est surtout bien faire ses devoirs :
L'élève sera studieux et fournira les efforts possibles,
Le dignitaire dirigera en évitant, par sa compétence, les déboires
Qui pourront surgir s'il utilise ailleurs son énergie disponible.
Le balayeur balaiera bien les rues sans d'autre souci
Que de nettoyer proprement pour mériter son salaire habituel ;
Pour moi, c'est à ce moment-là qu'il sert son pays
Sans envier le sort des autres en considérant le sien comme cruel
Car servir son pays, ce n'est pas lui donner un Général Romain
Ni offrir au Président les Sept Merveilles du Monde à son anniversaire.
Servir son pays : c'est en être digne par son travail, être un bon citoyen
Essayer, comme on le dit, de toujours mieux faire que son père.

Servir son pays — le 28 Octobre 1968 à Tananarive.

Si tes yeux ne te servaient qu'à désirer l'épouse de ton prochain
Ou à détailler la façade du magasin que tu comptais cambrioler,
Ou encore, à épier les défauts des autres sans penser aux tiens
Autant être aveugle et mendier sur le trottoir les yeux fermés.

Si ta bouche ne te servait qu'à dire du mal d'autrui,
Ou à proférer des menaces envers tes semblables
Ou encore à raconter tes exploits douteux de menteur d'acabit,
Autant être muet pour ne pas tenir des propos blâmables.

Si tes oreilles ne te servaient qu'à écouter des félonies,
Ou à entendre des racontars des vieilles femmes désœuvrées
Ou encore à enregistrer des balivernes et des sornettes d'abrutis
Autant naître sourd pour ignorer que les hommes sont mauvais.

Si ton intelligence ne te servait qu'à préparer des complots,
Ou à te satisfaire des vils services que tu proposes d'apporter,
Ou encore à te permettre d'exploiter l'ignorance des badauds,
Autant ne pas avoir de cerveau et rester minable demeuré.

Si ton corps ne te servait que pour accomplir tes désirs de mortel
Ou à tromper tes proches par ton ensemble harmonieux
Ou encore à faciliter ta tâche de palabreur des moments solennels
Autant ne pas naître pour se souiller mais habiter les cieux.

SI ... — le 29 Octobre 1968 à Tananarive.

I

Le jeune homme soutient le regard qui le foudroie.
L'homme mûr, désorienté par tant d'arrogance, s'exclame :
« Fils ! Ouvre grandes tes oreilles et écoute-moi.
« Te voilà affranchi, je veux le prix de mes larmes ;
« Je me suis tué ainsi que ta mère à t'élever,
« A te donner l'instruction, bref à faire de toi un homme.
« Tu aurais donc dû nous consulter avant de te marier,
« Je veux que chaque mois tu nous envoies une certaine somme ».
Le jeune homme manifeste son désaccord et veut protester.
La permission ne lui est pas accordée car le père continue :
« Combien de temps as-tu passé à l'école sans travailler ?
« Combien d'années, pour te vêtir et te nourrir, je rentre fourbu ?
« Ne t'étonne donc pas si je viens te réclamer notre part
« N'en avons-nous pas le droit après tant d'efforts ?

« Mais entre nous, pour nous récompenser, tu as dressé un rempart
« Alors que tu as le devoir de penser un peu à notre sort.
« Et, qu'as-tu, depuis, donné à tes oncles et à tes tantes
« Qui nous ont aidés à faire de toi un fils intellectuel ?
« Ta mère a continué à prier parce qu'elle est très fervente
« Et pour toute réponse tu me dis que cela est naturel.
« Maintenant tu as tout : une épouse, une voiture et une maison
« Mais nous, nous sommes restés là où tu nous a laissés ;
« J'ai donc cru bon de venir te redonner une raison
« Car les enfants d'aujourd'hui sont tous mal inspirés.
« Avant de te laisser la parole je voudrai te redire
« Que si tu es arrivé où tu es, c'est à nous que tu le dois.
« Ne l'oublie pas mon fils car je ne veux pas te maudire
« Mais nous ne voulons pas être la risée des voisins à cause de toi »

II

Attentif jusque-là le jeune homme semble, un moment, se concentrer
Puis, lentement, d'une voix calme, il commence à s'expliquer :
« Père, dit-il, avec le respect que je vous dois, laissez-moi parler
« Sans m'interrompre et, à votre tour, veuillez bien m'écouter.
« Je n'ai jamais refusé de vous aider dans la mesure de mes possibilités
« Mais je ne peux pas vous servir une rente jusqu'à votre mort
« Et je ne pourrai pas vous empêcher de m'attribuer tous les torts,
« Vous réclamez un devoir qui, pour moi, relève du passé :
« Mon unique devoir est maintenant d'élever mes propres enfants
« Comme vous l'avez si bien fait jusqu'à ma majorité ;
« Je ne vous entretiendrai donc pas que vous soyez ou non contents.
« Vous savez pertinemment que je ne pourrai jamais vous rembourser ;
« Maudissez-moi si vous voulez mais essayez tout de même de
comprendre :
« Je suis votre fils, il me sera impossible de vous engendrer ;
« Vous devez être fiers d'avoir le fruit de vos peines
« Et voir d'un bon œil ma femme, ma voiture et ma maison
« Au lieu de nourrir envers nous une discutable haine,
« Vous avez bien fait, père, de provoquer ce conflit de générations ».

III

« Comment? S'écrie le père indigné, lui coupant la parole :
« Puisque tu es grand, bien placé, tu oses me faire un sermon ?
« C'est tout ce que les enfants d'aujourd'hui apprennent à l'école
« Je ne t'y avais pas envoyé pour te laisser posséder par le démon.

« Ah ! Malheureux, continue le père suffoqué par la colère,

« Je n'enverrai plus tes frères et sœurs chez leur maître à la rentrée.

« Pauvres parents confiants, nous nous vautrons dans la misère

« Et en guise de remerciements, ô, dieux ! Nous voilà rejetés ! »

« Sachez père, reprend le jeune homme, que je ne vous rejette pas,

« Je sais que je dois vous vouer une éternelle reconnaissance,

« Puisque je le sais et vous le dis, ne me le répétez pas mille fois.

« Sachez aussi père que c'est vous qui aviez souhaité ma naissance.

« S'il est vrai que vous m'avez aidé dans mes études

« N'oubliez pas père que j'y ai contribué et pour beaucoup !

« Vous n'êtes pas entré dans ma tête, ne me taxez pas d'ingratitude.

« Après cette explication je crois que vous serez éclairé sur tout

« Car vous semblez méconnaître toutes mes privations,

« Les insomnies que j'ai vécues en préparant mes examens,

« Tout cela père devra vous donner matière à réflexion

« Et je souhaite que vous en ayez une meilleure idée demain

« Enfin, j'ai dit tout ce que vous m'avez obligé à dire :

« Si les enfants d'aujourd'hui ne sont plus comme leurs aînés

« Les parents doivent essayer de les comprendre au lieu de les maudire

« Parce que les temps ont changé, père, et il faut changer la mentalité ».

Générations en conflits — le 21 Octobre 1968 à Tananarive.

LA FIN

Serment de Prisonniers

I

Des prisonniers dans une prison, un jour font le serment
De toujours s'aimer même au-delà de ces tristes murs ;
Et les voici, les voilà qu'à chaque pas, forment un groupe charmant
Se moquant des menaces de leurs gardiens qui les torturent.
Des années passées ensemble loin de leurs familles,
Est né un sentiment de franche camaraderie.
Des mariages sont élaborés et promis entre fils et filles
Car il faut prolonger la vie de cette étrange confrérie.
Le promoteur de tant de merveilles est le chef incontesté
Assurant une large autorité sur les autres, il mène son monde
Par son ingéniosité, sa force, son intelligence et sa cupidité
Trompant ses naïfs camarades avec une science profonde.
« Quand je serai libre, leur-dit-il, je vous ferai tous sortir,
« Vous oublierez alors ces mûrs grisâtres et impersonnels,
« Vous choisirez librement sur quelle plage vous faire rôtir,
« Ah ! Que la vie sera belle pour des anciens criminels ! »
Ainsi bercés d'illusions, ils le croient bêtement
Heureux d'avoir quelqu'un en qui mettre leur confiance,
Confiance de naufragés, tassés sur un esquif, se débattant
      désespérément,
Cherchant difficilement à apaiser leur conscience.
Arrive le jour de la libération, pourtant un seul est parti.
Les camarades apeurés, sans soutien, se massent à la grille
Sans pouvoir capter leur lumière, ils se regardent ahuris ;
La lumière disparue, pour eux, plus jamais ne brille.
Délaissés par leur talentueux compagnon d'infortune
Ils mettent à l'épreuve un vieil adage d'ivrognes :
« BACCHUS, parait-il, a noyé plus d'hommes que NEPTUNE. »

S'adonnant à l'alcool, ils ne sont plus aptes à la besogne.
Pauvres prisonniers, ils adorent désormais leur captivité,
Tout sens en eux est émoussé, ils sont inconscients,
Oubliant ce qu'ils ont de plus cher jusqu'à leur liberté
Pour laquelle ils ont longtemps combattu mais vainement.
Des valeureux partisans de la liberté, il n'y a plus rien;
Ce sont des épaves humaines qui se contentent d'accepter,
Blasés, écœurés même, ils obéissent en automates à leurs gardiens
Se sachant impuissants, ils se meurent résignés.
Ils essaient de savoir ce qu'est devenu leur ancien compagnon
Et lui envoyant des lettres toujours sans réponse ni écho
Mais eux, sans se lasser, misent encore sur ce pion
Qu'ils espèrent capable de les retirer des flammes de leur fourneau.

II

Mais le camarade ébloui par les mille feux de la liberté,
Se souvient de moins en moins de son lugubre séjour;
Ce qui importe c'est que maintenant il est bien installé,
Au diable la prison, ses gardiens et les corvées de jour.
Il n'est plus un numéro, c'est un Monsieur bien vivant
Qui mange à sa faim, qui trône dans un luxueux bureau,
Qui évolue fièrement au milieu de nombreux courtisans,
Qui renie le serment jadis prêté devant les forçats nigauds.
De temps en temps, par ses soins, un compagnon est libéré
Mais combien il en reste encore à tirer du fond du ravin.
Devenus en eux-mêmes, malgré eux, des opposants acharnés
L'oubli de leur sort a transformé les grands amateurs de vin.
Ces gens ramollis, soudain se réveillent d'une terrible torpeur
Ils commencent à ouvrir les yeux sur la réalité tragique et dense
Leur mépris leur donne la force de ne plus avoir peur
Ils veulent s'émanciper et goûter à une autre existence.
Le compagnon, entouré d'inconnus, dissémine leurs rangs

« Je n'ai plus besoin de vous, clame-t-il, à ses victimes
« Vous avez peuplé ma solitude, je veux aujourd'hui votre sang
« Mourrez tous maintenant ou fuyez ma colère légitime ».
Les nouveaux libérés applaudissent gaiement cette victoire
Alors qu'eux aussi sont des repêchés minables et avilis
Ils ne pensent plus, repus qu'ils sont, aux propos diffamatoires
Lancés à leurs anciens camarades demeurés au fond du puits.
La traîtrise, peuples, est de ce monde, je vous le répète encore
Méfiez-vous des grands palabres dispensés gratuitement.
Le serment des prisonniers est dans chaque bouche, chaque corps
Mais combien ont changé quand la liberté arrive vraiment ?
Combien de fois a-t-on voulu nous apprendre la vie égoïste ?
Où sont-ils à cette heure-ci ces vénérables pionniers ?
Enchaînés par la logique de leur raisonnement d'arrivistes
Ils ont, eux aussi, hélas, prêté le serment des prisonniers.

Le 25 Octobre 1967 à Tananarive

www.ingramcontent.com/pod-product-compliance
Lightning Source LLC
Chambersburg PA
CBHW060405030726
47497CB00003B/860